NOTICE

SUR LA

VIE POLITIQUE ET PRIVÉE

DE

NICOLAS N*** DÉMIDOFF,

CONSEILLER PRIVÉ

Et chambellan actuel de S. M. l'Empereur de toutes les Russies,
Commandeur de l'ordre de St-Jean de Jérusalem, Grand-croix de
l'ordre de St-Vladimir (2.me classe), Grand-cordon de l'ordre du
Mérite, sous l'invocation de St-Joseph, etc., etc., etc.

DÉDIÉE A MESSIEURS

PAUL ET ANATOLE DÉMIDOFF,

Par V. Müller.

Et transiit benefaciendo .!.
Sa carrière trop courte fut un long bienfait
bienfait de tous les lieux, de toutes les circonstances, de tous les instans.... (pag. 31.)

PARIS.

CH. MARY, LIBRAIRE,

PASSAGE DES PANORAMAS, N° 60.

1851.

NOTICE

SUR LA

VIE POLITIQUE ET PRIVÉE

DE

NICOLAS N*** DÉMIDOFF,

CONSEILLER PRIVÉ

Et chambellan actuel de S. M. l'Empereur de toutes les Russies,
Commandeur de l'ordre de St.-Jean de Jérusalem, Grand'croix de
l'ordre de St.-Vladimir (2me classe), Grand cordon de l'ordre du
Mérite, sous l'invocation de St.-Joseph, etc. , etc., etc.

DÉDIÉS A MESSIEURS

PAUL ET ANATOLE DÉMIDOFF,

Par V. Müller.

Et transiit benefaciendo !!
Sa carrière trop courte fut un long bienfait,
bienfait de tous les lieux , de toutes les circonstances , de tous les instans.... (*pag.* 11.)

PARIS.

CH. MARY, LIBRAIRE,

PASSAGE DES PANORAMAS, N° 60.

1831

PARIS. IMPRIMERIE DE AUGUSTE MIE,
Rue Joquelet, n° 9, Place de la Bourse.

À LA MÉMOIRE

DE

NICOLAS N*** DÉMIDOFF.

Et transiit benefaciendo !....

Le long séjour de N. Démidoff chez
l'étranger, où il fit le bien sans faste et sans
ostentation ; sa modestie naturelle et la so-
lidité de son caractère, ennemi de toute
gloire bruyante ; enfin ce sage dédain de
renommée qui se bornait au témoignage
d'une bonne conscience : que de motifs,
tous également louables, cachèrent à ses
concitoyens la vie de ce seigneur bienfaisant ! Il ne fut donné qu'à un petit nombre
de personnes d'entendre son âme et de
rendre justice aux qualités de son esprit.
Ce qu'on sait moins encore, c'est que, forcé
par une santé faible et languissante de
vivre loin des glaces du Nord, sous le

ciel brûlant de l'Italie, son cœur et ses pensées furent toujours pour la Mère-patrie ; c'est de lui surtout qu'on pourrait dire que plus il visita les nations étrangères, plus l'amour du sol natal embrasa son âme. La civilisation de ce vaste empire le préoccupait tout entier. Toute entreprise, publique ou particulière, qui tendait à ce noble but, était sûre de trouver en lui le plus zélé, le plus sincère, le plus généreux des protecteurs.

N. Démidoff n'était cosmopolite que dans l'intérêt de la Russie. Appréciateur éclairé des beaux arts et de tout perfectionnement étranger, il ne parcourut tour à tour l'Angleterre, la France, l'Italie, que pour mettre à contribution les procédés nouveaux et les merveilles de ces différentes contrées, jaloux d'en faire hommage à ses chers compatriotes.

Un résumé rapide, impartial, des principaux événemens qui ont signalé sa carrière, prouvera mieux que les pompeux éloges d'un panégyrique étudié, qu'il possédait toutes les vertus de l'homme d'état. Honnête et utile citoyen, modèle des pères de famille, un sage esprit de prévision le guidait dans toutes ses entreprises ; économe et libéral tout ensemble, ardent et calme, indulgent et sévère, doué au plus haut degré du génie de l'ordre, grâce à cette heureuse organisation, du sein de Florence et des plaisirs, il dirigeait d'une main habile ses grandes affaires et ses relations multipliées avec la Sibérie, Odessa et Saint-Pétersbourg, avec la France, l'Angleterre et l'Amérique. Une seule tête suffisait à ces immenses opérations.

N. N. Démidoff naquit en 1773, le 9 novembre, au village de Tchircovitzi, situé à 80 verstes de Saint-Pétersbourg, lors du retour de ses parens des pays étrangers. Inscrit la même année pour le service, comme caporal au régiment des gardes, de Préobragenski; sous-enseigne en 1775, sergent en 1782, il entra, en 1787, avec le même grade au régiment des gardes de Séménoff. Au mois d'octobre 1789, nommé par ordre spécial aide-de-camp de l'état-major du Feld-Maréchal Prince Potemkin de Tauride, créé successivement lieutenant-général auditeur du même état-major, lieutenant-colonel en 1792 au régiment des grenadiers de Moscou, gentilhomme de la chambre en 1794, chambellan en 1796, commandeur de l'ordre de Saint-Jean-de-Jérusalem en 1799; attaché au collége de la chambre en 1800, la même année le vit nommé conseiller intime et membre de ce même collége (Trésorerie).

Il eut pour épouse une dame de l'ancienne et illustre famille des Strogonoff, décédée à Paris en 1818. Le magnifique mausolée qu'il fit élever à sa mémoire, au Père-la-Chaise, dépose à la fois de la sincérité de ses regrets et de l'attachement durable et fondé sur l'estime qui ne cessa de les unir. Deux fils, uniques héritiers de leurs grands biens, furent le fruit de cette heureuse alliance.

Sous les ordres du Prince Potemkin, N. N. Démidoff prit part aux opérations de l'armée active en Bessarabie.

Un congé qu'il obtint lui fournit l'occasion de visiter en observateur l'Allemagne, l'Angleterre, la France et l'Italie, d'où les troubles politiques survenus en 1806 le rappelèrent dans ses foyers. Ce fut alors que, mettant à profit le résultat des connaissances qu'il avait acquises dans ce premier voyage, il s'empressa de voir et d'étudier, d'après sa propre expérience, les ressources productives de ses possessions situées au-delà de l'Oural.

Après une nouvelle excursion à l'étranger, il revint en digne Russe payer de sa personne et de sa fortune dans la guerre d'invasion de 1812.

Né vif et sensible, il était naturel que
dans son jeune âge N. Démidoff fût porté
à jouir de ses immenses richesses. Il vivait
avec toute la magnificence d'un grand seigneur, mais sans négliger ses affaires; et il
sut toujours subordonner ses plaisirs aux
circonstances : ainsi, on le voit en 1810 et
1811 réformer le luxe de sa maison. Ce
n'est plus cet opulent Démidoff, occupant
en 1803 un des plus somptueux hôtels de
Paris, et prodiguant les fêtes brillantes;
logé dans une rue assez éloignée des beaux
quartiers de la capitale, il occupe, avec
un petit nombre de domestiques, une maison modeste. Et bientôt après, à mesure
que le succès de ses hautes spéculations
commerciales peut le lui permettre, les
Parisiens le voient déployer de nouveau
le faste d'un Noble Russe.

Il avait hérité de son père d'environ
11,550 paysans mâles, et à sa mort il en
laissa plus du double. N'en accusez point

sa parcimonie : jamais il ne s'imposa de
privations mesquines ; mais bornant à pro-
pos ses dépenses, il mettait de l'ordre jus-
que dans ses prodigalités , et il profitait de
toutes les occasions favorables pour aug-
menter son revenu.

Le travail des mines en étant la princi-
pale source, il ne recula devant aucun sacrifice pour les porter au degré de perfec-
fectionnement où on les voit aujourd'hui :
témoin ses fréquentes excursions en Angleterre, en France, en Allemagne , à l'île
d'Elbe. Après avoir exploré minutieuse-
ment les mines de ces différens pays, il
communiquait dans les plus grands détails
à ses administrateurs le résultat de ses ob-
servations et celles de ses compagnons de
voyage.

D'habiles professeurs furent attirés dans
ses domaines par le traitement généreux
qu'il leur assurait, et dont il remplit toutes
les conditions avec la plus noble exactitude.

En même temps, plusieurs de ses gens visi-
taient l'Angleterre, la Suède et l'Autriche
pour se perfectionner dans la science des
mines, et en étudier à fond les diverses
branches.

L'humanité du propriétaire l'emportait
encore sur son industrie. Tous ses soins
n'aspiraient qu'à soulager et améliorer le
sort des ouvriers. Il encouragea par des
récompenses la culture de la pomme de
terre ; les ouvriers furent rachetés du re-
crutement pendant près de vingt années ;
on avait pourvu aux saisons de sécheresse
et de famine ; on distribuait de l'argent à
ceux qui voulaient construire des maisons.

L'éducation de la jeunesse était surtout
l'objet de sa pieuse sollicitude. Sans parler
de l'école des mines, qui toujours compte
cinquante à quatre-vingts écoliers, un
grand nombre furent élevés à Saint-Pétersbourg et beaucoup d'autres dans les pays
étrangers. Tous sont encore attachés au-

jourd'hui à ses principaux comptoirs, et
occupent les divers emplois dans ses mines.
Jouissant par leur travail d'une existence
honorable, ils bénissent la mémoire d'un
bienfaiteur plutôt que d'un maître, et ils
ne prononcent son nom qu'avec respect et
attendrissement. Quelques uns même
d'entre eux, jeunes professeurs improvisés
par le génie actif et industrieux de N. Démidoff, donnent déjà les plus belles espé-
rances.

Parlerai-je de ces enfans de paysans,
suivant à Moscou l'école de la Société d'é-
conomie rurale ? Plus de cinquante d'entre eux étaient distribués dans cette même
ville pour y apprendre différens métiers; et
afin que nul embarras pécuniaire ne pût
détourner ces apprentis de leur destination
primitive, le généreux patron daigna in-
sérer dans son testament un article en leur
faveur.

C'est ainsi que, retenu loin de sa patrie

par la faiblesse de sa santé, N. Démidoff
ne cessait de veiller au bien-être et aux
progrès intellectuels de ces milliers d'hom-
mes que la Providence avait confiés à ses
soins paternels; c'est ainsi qu'il se rendit
vraiment utile à ses concitoyens.

Une carrière si bien remplie devait trouver sa récompense au-delà du tombeau.
Puisse l'ombre de cet homme bienfaisant
venir planer sur ses vastes domaines ! Elle
tressaillirait d'allégresse, en reconnaissant
que sa mort inattendue, loin des foyers domestiques, n'a pu porter le plus léger pré-
judice à ses affaires, qui embrassent l'Europe. Tels sont les fruits d'une excellente
administration. Malgré la difficulté des
recouvremens lointains, le cours des opérations ne souffrit pas le moindre retard
depuis l'époque de son décès, arrivé le
4 mai 1828. Aucun paiement ne fut ajourné
au lendemain; les mines, dont l'entretien
demande au-delà de deux millions et demi

par an, sont pourvues des fonds nécessaires : tous les travaux se continuent avec la même activité.... Mais il est à remarquer particulièrement, en l'honneur de l'administration des mines, que sur un nombre de huit mille âmes des deux sexes qui s'y trouvent colonisées, pas une seule désertion n'a eu lieu ni avant ni après l'établissement et l'application des ouvriers à un genre de travail tout nouveau pour eux. Le bon cœur du maître, l'estime de ces braves gens pour son caractère et la noblesse de ses procédés, voilà quels puissans liens d'affection les enchaînaient à leurs devoirs. Les héritiers de N. Démidoff n'ont eu besoin que de les confirmer dans leurs différens emplois. Ce sont presque tous d'anciens apprentis qu'il avait choisis lui-même.

Ce fut encore par esprit patriotique et par orgueil national qu'il résolut de doter la Russie des avantages d'une marine marchande qui n'eût rien à envier aux autres puissances du continent. Son exemple fut un haut et puissant encouragement pour cette branche d'industrie commerciale. Fort de l'autorisation préalable du Ministre des finances, il fit en Italie l'acquisition d'un beau navire, et l'appela *Nicolas premier*, du nom d'un souverain si digne appréciateur de ses heureux efforts d'industrie. Loin de se borner à cet essai, il fit construire sur les chantiers de Taganrok cinq autres bâtimens, parmi lesquels on distingue *le Saint-Paul* et *le Saint-Anatole*, noms de ses deux fils.

Zélé pour l'agrandissement de sa fortune particulière, il ne s'en croyait pas moins comptable envers l'état : heureux d'une position indépendante, qui le mettait à même de s'associer de loin comme de près à toutes les institutions utiles du gouvernement.

Aussi le voyons-nous, en 1807, honoré

d'une lettre de l'impératrice Marie, qui le remerciait, dans les termes les plus flatteurs, du sacrifice qu'il avait fait de sa maison de pierre de Gatchina, en faveur de l'établissement des orphelins de cette ville.

En 1812, il se charge de former et d'équiper à ses frais, à Moscou, un régiment dont il fut nommé chef; mais les circonstances ne lui permettent pas de réaliser ce noble projet. L'enrôlement était à peine complété, qu'il fallut que cette brave milice courût se montrer aux champs de Borodino : ainsi l'ordonnait l'impérieuse voix de la patrie. Il n'en reste pas moins à N. Démidoff l'honneur insigne d'avoir provoqué d'exemple le sacrifice national.

Alliant les vertus civiles à la dette sacrée qu'il venait de payer comme guerrier à la défense de son pays, après la destruction de l'antique cité des Tzars, l'Université lui dut en partie le rétablissement de ses priviléges; il la gratifia de son cabinet

d'histoire naturelle, et obtint en reconnaissance le titre de membre de cette insti-
tution. En 1819, un nouveau don mili-
taire de cent mille roubles signale son active bienfaisance en faveur des Invalides.

A la première nouvelle des malheurs
essuyés par les habitans de Pétersbourg qui
furent victimes de l'inondation de 1824, il
s'empresse aussitôt de faire distribuer à
ceux qui ont le plus souffert un secours
de vingt-cinq mille roubles, somme qu'il
eut la délicatesse de doubler, proportion-
nant ses bienfaisantes largesses à l'étendue
des pertes de ses infortunés compatriotes.

L'érection de la porte triomphale à
Saint-Pétersbourg, l'établissement de l'hô-
pital fondé d'après les ordres de S. A. le
duc de Wurtemberg dans la ville de Laï-
cheff, gouvernement de Cazan; la con-
struction d'une infirmerie à Perme, sous
l'inspection de la Société des prisons; un
édifice de même nature élevé à Moscou

par la Société d'économie rurale, qui le nomma membre honoraire en 1820 ; les monumens érigés à Odessa en l'honneur du feu duc de Richelieu, et à Yaroslave aux mânes de Paul Grégorovitch son aïeul : quelle pieuse énumération de ses titres nombreux à la reconnaissance publique !

En 1815, l'Impératrice Alexandra daigne accepter, à l'usage de la maison d'industrie, son spacieux local de Moscou. C'est par l'auguste intervention de Sa Majesté qu'il fut nommé chevalier de l'ordre de Saint-Vladimir, deuxième classe. Bientôt un nouveau sacrifice de cent mille roubles, consacrés aux réparations et changemens nécessaires de l'établissement, lui mérite de nouvelles faveurs de l'illustre Princesse, qui lui envoie une tabatière ornée de son portrait. Ce magnifique témoignage des bontés de l'Auguste Souveraine de toutes les Russies fut aussitôt expédié pour Florence; mais, hélas ! il ne trouva plus celui qui en

était le digne objet. La mort avait disposé
de l'homme de bien, du riche bienfaisant,
du père des pauvres, de l'associé volon-
taire de toutes les entreprises faites en
l'honneur de l'humanité.

Quelque temps auparavant, il avait reçu
de son gracieux Souverain un présent du
même prix.... Empressé de répondre aux
vues philanthropiques du gouvernement,
il résolut de seconder ses projets d'amélio-
ration d'économie politique relatifs à la
partie méridionale de cet empire. Il charge
les intendans de ses comptoirs d'Odessa et
de Taganrok d'acheter des terres, et fait
en peu de temps l'acquisition de plus de
dix-huit mille arpens, avec un certain
nombre de cultivateurs. C'était dans le
gouvernement de la Chersonnèse. Pour y
former des colonies, on y transporte aussitôt, de ses divers domaines, des paysans
auxquels il fit bâtir des maiso nettes en
pierre.

Sous le poids de ses infirmités physiques, N. Démidoff n'en conservait pas moins dans ses plans de civilisation tout le feu de la jeunesse. Comme s'il eût pressenti sa fin précoce, il semblait pressé de jouir de son vivant des fruits de ses travaux.

Aussi, au milieu de la lente agonie qui le consumait, sur les débris d'un corps qui chaque jour perdait quelque chose de sa force première, il redoublait d'énergie morale. Ses rêves de perfectibilité sociale augmentaient avec ses souffrances. Jusqu'à sa dernière heure, sur son lit de douleur de Florence, divinité tutélaire de sa patrie, mais non pas, hélas! immortelle, d'un signe de tête il appelait toute l'Europe à concourir aux embellissemens d'un seul point de la terre. Modèle unique de prévoyance généreuse entre les riches capitalistes du monde civilisé, il semait d'une main prodigue pour faciliter aux autres les moyens de recueillir; émule du sage de

La Fontaine, en face de l'égoïsme euro-
péen, qui lui reprochait peut-être ses ma-
gnifiques et stériles plantations, puisqu'il
n'en jouirait pas, il eût pu, lui aussi, s'é-
crier :

« Mes arrière-neveux me devront cet ombrage. »

Avec un si noble caractère, il pouvait
encourager le système d'entreprises par
actions ; mais jamais, souscripteur avide,
il ne spécula sur des associations de ce
genre. Comme il ne voulait pas s'enrichir,
mais seulement aider les entrepreneurs de
toute l'autorité de son nom et de ses tré-
sors, lorsque ses actions devenaient lucra-
tives, il les cédait généreusement et sans
intérêt à ceux dont elles pouvaient com-
mencer la fortune. Il en prenait dans toute
nouvelle société qui se formait en Russie :
mais cette possession, loin de lui rester per-
sonnelle, prouvait tôt ou tard qu'il avait
travaillé gratuitement au bien-être d'au-
trui.

Narrateur exact, mais stérile pour le cœur, jusqu'ici nous n'avons offert à l'estime, j'ai presque dit à l'admiration des contemporains et de la postérité, qu'une sèche analyse de cette vie glorieuse, consacrée tout entière au soulagement de l'infortune. Il est temps que d'arides matériaux cèdent la place aux plus douces préoccupations du sentiment. Mais si cette carrière trop courte fut un long bienfait, bienfait de tous les lieux, de toutes les circonstances, de tous les instans, sans doute il sera permis à l'un de ceux qui eurent le bonheur de l'approcher, de descendre, pour l'instruction des heureux du siècle, dans cet intérieur si bon, si aimable, si empreint de la touchante affabilité de l'homme simple et compatissant, plus encore que de l'instinct supérieur du patron né des arts et de la belle nature.

O vous, ses compatriotes chéris, dignes Moscovites qu'il porta toujours dans son

cœur, n'enviez pas au beau ciel de l'Au-
sonie cette longue résidence qui ne fut
point une prédilection anti-nationale, mais
bien la triste nécessité de sa constitution
frêle et douloureuse. Ah! pourquoi lui re-
procheriez-vous cette préférence forcée,
qui prolongea des jours pleins de bonnes
œuvres, mais comptés par le destin? Et
toi, Florence, brillant rendez-vous des
arts et des plaisirs, combien ne dois-tu pas
te glorifier d'avoir enlevé à sa terre natale
celui qui, bien qu'il en fût séparé par un
intervalle immense, avait des larmes pour
toutes ses infortunes privées, des secours
et une munificence vraiment royale pour
toutes les calamités publiques!... Mais la
patrie dégénérée des Médicis a retrouvé
dans un étranger venu des bords de la
Néva l'active bienfaisance de ces Rois
Marchands, leur goût du beau, leur en-
thousiasme pour les arts, avec la bonté,
la simplicité de plus et l'absence totale

d'ambition. Si N. Démidoff sait entremê-
ler l'aumône et les plaisirs, les fêtes brillantes et les pieuses fondations; si des hos-
pices, des bains salutaires s'élèvent non
loin d'un théâtre profane et des jeux fri-
voles d'une troupe de comédiens, ne voyez
dans ce contraste que le besoin d'une ima-
gination inépuisable de bienveillance, pour
qui c'est un devoir également sacré d'as-
souvir la faim du vagabond lazzarone, et
de ranimer les sens blasés de l'homme du
monde. Ainsi nous l'avons vu placer tour
à tour sur sa tête *la couronne du martyre
et la couronne de fleurs*. Insensé, qui ne
trouverait là qu'humeur capricieuse, que
besoin bizarre chez l'opulence de varier la
monotonie de ses plaisirs mondains. La
bienfaisance, la charité, je ne sais quelle
passion brûlante et naïve d'obliger, d'ho-
norer ses semblables : tel fut l'unique
mobile de toutes ses actions. Mais je m'ar-
rête, je crains de donner à l'improvisation

franche et sans détour d'une âme recon-
naissante le caractère d'un panégyrique de
commande; les louanges trop prolongées
des morts ont paru plus d'une fois sinon
la satire, du moins la leçon indirecte des
vivans. Et quels avertissemens nous reste-
t-il donc à donner aux vivans lorsque leur
soin le plus cher est d'imiter et de continuer
les défuntes vertus de ceux dont la vie
entière pourrait leur servir de modèle et
d'exemple domestique.

PARIS. — IMPRIMERIE DE AUGUSTE MIE,

Rue Joquelet, n° 9, place de la Bourse.